詩集

晴れ舞台

橋爪さち子

土曜美術社出版販売

詩集　晴れ舞台＊目次

カバー装画／大嶋　彰

詩集　晴れ舞台

*

乱舞

＊

ドストエフスキーは
若いアンナに口述筆記をさせながら
部屋をぐるぐる廻り
その輪を日ごと小さく狭くして
ついに
新婚旅行に旅立つと
毎夜ふたりで

両の腕を上げ下げし
海のうんと彼方をめざして
熱い泳ぎに出るのでした＊
素早い渦に
おおきく舞い上がり
眼くらむ奈落へ高速に旋回して
性愛はいつも目まぐるしく
螺旋形
いえ　いえ
産道くぐる赤子の回転運動
ＤＮＡの二重螺旋
気づけばどうも人の螺旋は
もって生まれた宿命らしく
きかん気育ちの子どもたちさえ

クルクルパーのつむじに巻かれ
十指の渦に追われるように
かごめかごめと
輪めぐりをかさね
どろや飛沫を浴びまた潜り
アメンボ　魚　小鳥になって
日がな一日
億年のいのちの来し方を廻りつづける
いえ　いえ
それから過ぎて幾十年
彼岸にいく日が近くなっても
窪んだ頬につむじ風よせ
涸びた脚先をチョキに開いて
性愛ターンをくるくるくるり

繰りかえし折りかえし
描きます

＊＊

まだこの星が
充分に固まってもおらず
熱くてどろどろな炎の粒を爆ぜに爆ぜ
渦巻く乱舞に億千の日々を
明け暮れていた原初から
そのどろどろをば父母に　後のち
この星に生い育った人たちが
螺旋形にいのちを燃やすこのことは

まだ人らしいかたちさえ
微塵も持たぬ先の先から
宙《そら》と人との
堅く不可避な伝承ごとでありました
どうしても
そんな思い込みを棄てられず
（まるで最期のその日まで
　誰にも明かさぬ恋のように）
今の歳まで生きてはきたが
いつしか世界は軌道を逸し
狂舞と殺舞に凌ぎをけずる　きっと
かのロシアの大作家も博打で
負け込んだ日より蒼白で
震えんばかりに吠え叫び

冥界のドアを蹴破ろとしているだろう
私はそれでも
財布をにぎり
牛肉半額セールへいそいそ出かけ
ついでのように廻り道
新色の口紅とマニキュアを
うっとりぽっとり眺めます

＊『バーデン・バーデンの夏』レオニード・ツィプキン　沼野恭子訳を参考。

ナナカマド

1

ブラジルの先住民ヤノマミ族の女は
風の精霊がやって来て新たないのちを授かると
必ず森に入って出産するという
女は産み落とした子をじっと見つめ
抱き上げたうえ人として村に連れ帰るか
精霊として森に置き去り天に返すか
どちらかを独り決断する

密生する木々の葉擦れや鳥の囀りが
女と赤ん坊をやさしく慰撫し
いっときが経って決意がさだまると
彼女は赤ん坊とともに
あるいは黙々と独り村に帰る
村人は彼女の決断に淡々と従い
ふたたび日常が繋がっていく

2

身を裂く痛みを独り
いのちからがら潜りぬけて　やっと

産んだ子を一度も抱き上げることなく
森に置き去り天に返すもまた良し　とは
何と無残な掟だろう
早々に獣の餌食や
腐乱の酷に遇う子の明日の無さを想って
一族を忘れることが出来なかった

3

十六世紀
イギリスの村奥に育った鷹匠の女*は
定期的にくる陣痛を耐えながら
必死に森を進み

子どもの頃から遊び親しんだナナカマドの木の
空洞の中に身を横たえた

幼い日から
見たり手伝ったりした村の女たちの
出産の悲鳴やお産時の錆びたような臭い
牛や豚や羊の誕生シーンが次々思い出され
容赦ない痛みに挫けそうになったとき

ローワン《ナナカマド》　ローワン
女の眼にナナカマドの銀の幹や葉々が見えた
(この木の枝から
最初の女が創られたというナナカマド
亡き母の名もローワンだった)

密生した葉々の豊かさの中で女は
オオカミのように四つん這いになると
襲い来る痛みを真正面から迎え入れた
いっときが経ち
まどろみから醒めると女は
我が子をしずかに抱き寄せた

4

森の精霊とともにすすめるお産には
都市化した小賢しいヒューマニズムなど
ひと口に呑みこんでしまうほどの

もっと巨きな宇宙の摂理に
委ねられているのかも知れず
自身のいのちを賭して
やり取りしてきた生の重みは
女たちの歴史の臀部に引き継がれ今なお
脈々と生きつづけるのかも知れず

常々そう思いおくことは　きっと
とても大切なんだろう
「苦いぞ、苦いぞ、にがよもぎ。」などと
呟いたりしながら　ね

＊　シェイクスピアの妻。
『ヤノマミ』国分拓著と『ハムネット』マギー・オファーレル著・小竹由美子訳を参考。

どろ

鯉は
赤　金　赤白　赤黒白　黄白　青白の
それはそれは彩《あや》ないのちの氾濫え

そやのに見入るほどに
ゆらーり漂う極彩色の鱗の奥から
何やら泥状のもんがにじみ出て
水が濁りはじめる気いがするのや
血眼でひとが

鮒から染めあげた夢の魚やしやろか
ほんまに鮮やかな異端らやこと

鯉を見てるとわたし　何でか『測量船』の
「乳母車」が思い出されてならへん
「淡《あは》くかなしきもののふるなり
紫陽花《あぢさゐ》いろのもののふるなり」*

あの詩いの三好達治さんは
鯉の派手さとは対極の
うす紫色した風翳に立つ狂おしさと
ミステリアスで端正な横顔したはる
「轔々《りんりん》と私の乳母車を押せ」*やなんて

お母さんに命じていながら
決して幼のうはないし
母親よりも分別臭《くそ》うさえあるえ

まるで若い異端者が
母親を慕うて源郷を恋うてしながら
千年後の自身に向けて書いた熱うて
苦い手紙のようや

あの詩い読んで顔上げたら
いっつも決まって　ぬちゃぬちゃ
泥底から足を引き抜くように
雲間をわたる天上の子どもらの
白うてまんまるな足くびが

さっとわたしに近づいてくるのえ
私の内らの泥を拭うみたいに　な

＊　内は三好達治「乳母車」の詩句。

花ふさ

この頃K子から手紙がようくるえなあ　便箋五枚も六枚も大方どうでもええようなことや今日も太宰の『女生徒』を読んだとあり何歳になっても　毎年これを読むことから新年を始めはる　ほんと妙なお人や　その後なぜか映画の「ローマの休日」に触れて　大階段でヘプバーンが　ジェラートを食べる有名なシーンの食べ始めは午前やのに　食べ終わりが午後になってて不自然やて　笑《わろ》うたわ　笑た

後で胸がしんとなり彼女は幸せやないのかと

Ｋ子と知り合《お》うたんは若い日　会社の同じ課
の男友達から　ふいに紹介されたんやったし
私も彼も結構な太宰好きやったさかい　三人
はたちまち兄妹みたい仲良うなって女どおし
の張り合いも密かにありながら　太宰を肴に
メタファーで濃密な日々を過ごしたんやった

何年かして男友達が転勤してしまい　Ｋ子も
遠くへ嫁ぎ　私も結婚して　いつしか連絡も
途絶えてしもうた　けど互いの子どもが膝を
離れた頃からＫ子とは　いつとはなし　電話
やら手紙やら元の仲に戻ったのや　昨晩遅う

Ｋ子から電話があって　何やろ思たら　彼女
が昨日　行った桜桃忌*で男友達に会《お》うた言う
のや　見違うほど痩せて面変わりしてたけど
懐かしいて思わず挨拶したら　彼はこの会に
来れるのも今年が最後になるかも　と言うて
会の途中　横に付き添う奥さんと中座したと

間もなしにＫ子から男友達の死を知らされて
無性に私に会いたい会いたいて　聞かへんし
久々に会うたのや　十年ぶり　ううん二十年
どっちでもええ言うて若い日　男友達と三人
で行ったお寺を訪れたんや　藤が満開やった

男友達と来た時は　花は咲いてなんだ　彼は

間の悪い人やったとK子と二人　泣き笑いしながら　彼の思い出を喋ったんえ　ところでなんで彼は私とK子を会わせたんやろ　急にK子が言いだして　私がそれは互いに太宰が好きやったしやろて言うたら　それだけ違うと思う　と眼を見開いたまま強うに言うのや

ひょっとして彼は自分が早世するのを知っていて　私ら女二人を長生きさせて自分のことや太宰のことを藤の花房みたい　いくつものセンテンスに長々と連ね連ねていってほしいそう願《ねご》うていた気がする　と薄うに笑はった

＊　桜桃忌　六月十九日、禅林寺（三鷹市）で行われる太宰治忌。

友一

彼女からの賀状の返事には
「懐かしい方からのお年賀は
とても嬉しいのですが来年からは
ラインまたはメールにて」とあり
そのくせメール先も何も記されてはいない

決別の意かと感じた
ここらで学生時の縛りから解かれ
もっと自由に老いていきたい　と

それならそれでいいけれど
――激しいデモの渦から逃れ
側溝に身をかがめて
吐いていた蒼白の彼女
いつも抜きんでた理論で
多くのゼミ仲間に思慕され　あげく
敗北感に沈み込むように就職して

会えばたがいの傷口が開くようで
音信も絶えたまま
十数年ぶりに会った彼女は
離婚し再婚し思いもよらぬ宗教に
身をひるがえしていた

たまに会えば其れぞれの身内ばなしに盛り上がり
「少しも強くなってないね　私たち」などと
たわいなく笑って別れたが

いったい彼女はどのような
逃げと保留と新たな希望を重ねて
生きたのかは聞きも話しもしなかった

彼女とはもう会わないかも知れない
老いの心細さにしみじみ会うかも知れない
たとえ会っても会わなくても
麦の穂先のような彼女が爪先立つように
まっすぐこちらを見ている

友　二

七十をとっくに過ぎたある日
友から連絡があった
難病にかかり
来し方を整理しているのだという

またね　そのうちなどと言ったまま
約束を果たせなかった人や
心残りな人の消息をたどって
侘びやその後を訪ねているのだと

「Nさんのことなんだけど」
前置きもそこそこに彼女は
学生運動のうねりに身を投じ
四十過ぎで自殺したかつての
リーダーを話題にした

「Nの遺書をあなたも読んだでしょう
今あれをどう思うかしら?」
「確かノート一冊分の長いものだったね」
私は不意うちに少し驚いて
後日連絡すると電話を切り

返事の手紙は

Nの遺書は記憶から外れて久しいので
今回はお役に立てない　とした

Nは学生時の高揚と敗北を
ついに超えられなかったが
同じく友の喉にもNと同種の熱い苦みが
未だ悶えてならないのかも知れない

超えるといえばずっと以前　彼女は
離婚して久しい前夫にホテルへ誘われ
断ったと告げたことがあった
「その時やっと彼を超えられたと思った」と

あの日の彼女の憤りと哀しみと

矜持の横顔がしきりに思い出され
超え得るものと
超え得ない悶えを抱いたまま
間もなく
私たちは時代を去ろうとしている
たがいに
安易な気休めなど言わないままに

おもかげ

a

小泉八雲《ラフカディオ・ハーン》は息子に教える英語の例文に
　エリザベス*は空腹です
　エリザベスは立腹です
など必ずエリザベスの名を用いたという
八雲にとってその名は
生涯をまたぐ最も美しい面影の名だった

b

八雲の妻となったセツはふたりの仲人兼通訳・西田千太郎の計画によりハネムーンに出かけ　逢束に着いた　セツが旅館の女将に盆踊りを見たいと言うと　年に一度還る先祖が異人を見て怯えると嫌がり　村人も八雲の前で踊るのを拒んだ　困ったセツは八雲に「今年はコレラの怖れで大勢の集まりは禁止　盆踊りはありません」と嘘を言った

後日　西田に盆踊りのことを聞かれたセツが　拒否されたことを語ると　西田は「あなたのことを気遣うべきだった、セツ」と詫びた　西田がセツ

と呼んだのはその一度きりだった　セツはそこに
込められた親しさに　ぽっと火の灯る思いがした

西田が三十四歳の若さで逝った時　東京に住んで
いた八雲は　彼の死と自身の運命を取り替えても
いいと慟哭し　セツは故郷松江が急に色褪せて記
憶の地図から消える気がした　以来セツはたった
一人の人が町をまるごと抱え去ってしまう謎につ
いて　八雲にも聞けず　永く自問し拘りつづけた

c

セツは西田への拘りを

ふたごころ　と恥じたけれど
恥じる必要はないのだ
人には誰も美しい面影の名があり
思いもかけぬ折りに
その名が虹のように浮かぶことで
うつつ世の不如意から
千万倍の景色の広がりへと
抜け出ることができるのだ

セツは拘りません
それでいい

＊　エリザベス・ビスランド。彼女はニューオリンズでハーンに出会い、ハーンの没後『ラフカディオ・ハーンの生涯と書簡』を出版した。

幼年

ずっと幼い日
東海道線の鉄橋を渡っていると
下方の線路傍で
女の人の泣く声や太鼓の音が
はげしく聞こえることがありました

あれ何？
幾度も聞くのにかあさんは決まって
何でもない　とそっけなく足早に
私の手を引っ張るのでした

長じてそれは
朝鮮の人が列車で運ぶヤミ米を
線路傍に待つ仲間へと
窓から投げ渡すのが　たまに
仲間が受け取り損ねて命を落とす
その葬式だったと知りました

鉄橋を越えた内職斡旋所で
かあさんが期日に間にあうよう
がむしゃらに踏んだミシンの
布束を差し出すと
男は布を捲ってネチネチ検分したあげく
幾枚かを抜き出し

その分を差し引いた小銭を手渡しました

戦後間もない命のやり取りは
安くても安くなくてもいつも
こんな乾いた景色につつまれていたものです

呑んだくれのとおさんは
偶にしか帰って来なかったけれど
かあさんの腰から見上げるこの世界は
いつだって一分の隙もなく充ち足りて
うっとりする光にあふれていました

二十一日の
弘法さんの日*には

片足が無かったり
両腕を失った白装束の男たちがひと塊に
門前に座り物乞いをして

たまにアコーディオンで歌う男もいたり
彼らは総じて思いのほか朗らかで時に
嬢ちゃんホレと芋飴をくれたりしました

毎日が類まれな玉の輝きに
濡れぬれと滴りあふれていた幼年の日々
まだ
幸福という言葉も知らぬまま

＊　毎月の二十一日は京都の東寺　弘法大師の祭日。様々な露店で賑わう。

*

晴れ舞台

炉から母のお骨が運び出されてきた
まだ熱いはずなのに
涼やかに咲く水辺の花のようで

もはや幼い日から限りない懐かしみと
甘やかな罪意識を
抱かせつづけた母ではなく　何かこう

ひっそりと聖なる香りの

ここではない何処か
違う次元の存在に転じたように

むしろ　それは
至福にちかい色かたちをしていた
かも知れなかった

かあさんの晴れ舞台ですね
ふいに思いもかけぬことばが
私の胸にひろがる

係の人が
長い竹の箸で膝　大腿部と足許から
母の部分をひろいあげては壺に入れ

私たち親族も促されるままに
頬や頭部のかけらを繰りかえし
壺にひろい納め　最期に

座仏のかたちをした喉の部分が
壺の上部に納められて一度きりの母の
身を呈した渾身の舞台は蓋を閉じた

この炉の先の森のはずれでは今
一匹のさなぎの背が静かに割れ
ま白な蝶が生まれようとするのだろう

ブレス

かあさんが亡くなった
百歳だった

亡くなるまでの十日あまり
見舞うたびに
ひたすら彼女は眠りつづけ
私や弟の問いかけに答えることもなく
規則正しい呼吸を繰りかえしていた

その安らかさと静けさが
どれほど姉弟を
明るく落ち着かせたことだろう

ただ一度だけ
私たちの呼びかけに顔を少しもたげ
目蓋を開けるその動作に
生涯の全てをかけるように
何か巨きな力に抗し争うように
力いっぱい眼を見開き　ひととき
姉弟の顔を見つめた

かあさん　かあさん　わかる？
姉弟の問いかけに　ふーんと

返事するように目元が震え
ひと呼吸だけが長く深くなった

春まだ浅い深夜に
かあさんは呼吸を閉じた

遠いとおい中東の神殿で
ひとりの少女が祈りを終え
深い呼吸をひとつ胸に納めてから
きっぱりと立ち上がった

丁度その同じ時刻に

花いばら

母の位牌を私の家に持ち帰った
母が独り住まった仏壇に
ぽつんと置き去るのは何か違う気がした

和箪笥の最上棚を白い晒し布に敷き詰め
お仏壇ふうに作って四十九日までの
僅かな日々をひとつ空気に過ごした

納骨の日　ふたたび

お骨を膝にかかえて電車に乗った
母が晩年の五年を過ごした施設の駅が近づき
幾度となく乗り継いだバス停が垣間見えた

淋しかった
淋しかった
電車の震動が母の声になって繰りかえす
済まなかった
済まなかった
それに合わすように私の骨が軋む

窓の外を家々が流れ
開花ま近の桜並木が奔り
車が飛ぶように過ぎていくのに

母の声は私の胸奥を
静かにはげしく降り積もっていく

—予定の講習は今日で全部終わりました
明日　帰ろうと思いますので　お金を
持って　迎えに来ていただけませんか—

母の施設の部屋を整理した荷のなかに
そんなメモ書きがあった

幾日も幾年も母は
帰ろう　という子の一言を
待ちつづけていたのかも知れなかった

つましく生きた母の
つましいたったひとつの願いを
決して叶えなかった子らは
坊さまの読経に殊勝らしく手を合わせ
晒しの布に移しかえられた母のお骨を
父の待つ墓穴の奥へと押し入れた

お骨を手放した私の腕へ
思いもよらぬやさしい波動が押し寄せた

子のすべてを
どんな時も赦そうとした母は
死してもなお子を赦そうとしている
いた

赤い花いばらが
痣のように私の全身を咲き広がっていく

よいこ

施設の母の部屋の扉の半紙には
「みな　よいこ」と書されていた
亡くなる少し前の自由書道で
各自が好きなことばを書いたのだという
みな　とは
私と弟のことだったろうか

父を亡くした十二歳の私と十歳の弟の子育ては
三十二歳の母にとって

眼眩むほどの苦労の山河だっただろう
その母をあげく施設に置き去った子は
決してよいこ　ではなかったし
母も自分を置き去る子に
億千の恨みを浴びせたかったはずだが

彼女が全存在を賭けて育てた我が子は
断じてよいこ　でなければならなかったから
それが母のたったひとつの
誇りであり拠り所だったから
「どの子も良うしてくれますのや」
誰に聞かれても何時もそう彼女は答えた

私と弟の首はその度に

水のような柔らかな紐でゆるゆる
締めつけられ身もだえしたが

今は
それらすべてが遠いとおい日の
出来事だったというように姉弟は
気をよく合わせ母を寝かせた死の床の横で
葬儀の段取りを事務よく決めているのだ

ふいに
胸をつよく突き上げるものに押され
いざるように母の枕辺に近づいた
すぐ眼の先の彼女の顔は
まるで見知らぬ人のように

果てない距離にいるようだった

母を施設に置き去った瞬間から
ほんとうは私たち姉弟が
母から見棄てられたのかも知れなかった

億年のむかしにそうしたように
百年の後にそうするように

よこがお

車椅子で連れて来られた母
の顔を戸惑いがはしった
前回会ってからコロナ禍で
半年も途絶えてしまった面会解除だ
（覚えていないのかしら）
私と弟はたまらず
自分の名を口ぐちに告げた

母はふっくらと艶がよかった

ご飯は美味しく食べられてる？
今日は会うのが楽しみで眠れなかったよ
元気そうで嬉しいよ
母の顔がゆっくり解けていく

彼女が八十までつづけた書道塾の
折り手本帳を見せてみた
母の口がもごもごと動き
若菜帳の変体仮名をすらすらと読む

すごい　すごい
素晴らしい　お母さん
弟と私はまた口々に叫んだ

おそらく
もう歩くことのない母の脛を撫でてみる
思いのほかしっかりと骨太だ
それでこその白寿なんだろう

かあさん　言ってたね
いつか死んだら幽霊になって
四条の高級呉服店○○に忍び込み
何百万するという袖という袖に手を通したいと――
そう
口にしようとしてはっと黙った

いつの間にか三人を
懐かしい夢のような柔らかな翳が

羽毛のように取り巻いていて
それが死のやさしい横顔に
限りなく似ている気がして

車窓

それから三カ月がたち
コロナ禍だが　ただ一度きり
十分間の面会がゆるされて
車椅子の母が私と弟の前に現れた

姉弟を見る母の顔が疑念にあふれ
思わず
「かあさんが思っているより
眼の前の私たちの方が

よっぽど老けてるんでしょう？　でも
これが今のかあさんの子どもなんだよ」

母の顔がゆっくりとほころぶ
「かあさんは
早死にした私たちのとおさんと
戦死した兄さんの寿命を貰って
百歳まで長生きしてよかったね」

弟が言うと
「有り難いことや思てる」
母がしみじみ呟き
姉弟は彼女の健やかな反応に
嬉しく顔を見合わせた

またたく間に十分がたち
迎えの職員さんが大股にやって来て
「また会えるようになったら
直ぐに来るから」そう言うと
母の眼が食い入るように私と弟を見つめ
諦めたように黙ると
ドアの向こうに消えた

　有り難いことや思てる
帰りの電車に揺られながら私は
自身の長生きを素直に喜ぶ母の言葉を
繰りかえし胸に反すうした

そうすることが母にもっと寄り添い
もっと近づく唯一の
術であるかのように

車窓にあふれる闇を
際限なく追い払いながら
彷徨いながら

花かんむり

施設で面会した母の顔を繰りかえし
帰りの車窓の闇に追っていると
とおい日
母がしろつめ草のかんむりを私の頭にのせ
野辺で読んでくれた絵本が
ふいに思い出された

男は三人の娘に父である自分を
どれだけ大切に思っているかを問い

たくさんの言葉で父を賛美した長女と次女に
全財産を分け与えて
賛美のない末娘には何も与えなかった
長女と次女は
無一文になった父を早々と追い出し
男は嵐の夜の寒さにやっと
末娘の掛け値なしの優しさに気づく*

おさない私は
何て怖いお化けの話かと母に抱きつき
母は
生前に財産を分けるとこうなる
男はバカだとそっけなく断じた

あの日　絵本を怖がった私と
生前贈与を戒める絵空事に
私を諭した母は　ともに
何と幸せだったことだろう

後年
花かんむりをむしり取るように
早々と母を施設へ送り
その日から　幾千回
母の帰りたい　を聞くとも知らずに

あの日の絵本へ懐かしく哀しく
彷徨う日と月を幾万回
持ちつづけねばならないとも思わずに

花かんむり　花かんむり

＊　シェイクスピア「リア王」の絵本版。

線香花火

1

コロナ禍の母の施設から
久びさに電話があった
この前の電話時には
母がふかく眠って起きず
話が出来なかったので
声を聞くのは四カ月ぶりだ
呼びかけたが返事がない

全身を耳にもう一度呼びかけると
笑うような声がした
「かあさんの声が聞けて嬉しいよ」
そう言うと
「私も嬉しい」と
懸命に声をかけつづけ
たちまち数分が過ぎた
線香花火の
もう終いかと思ったとたん
ちいさなつぼみが
しゅうっと灯った遠い
とおい日のように
仄赤く灯る火花のなかで今日は
胎児になって丸く眠る

2

「眼を開けてみてよ」
私と弟が呼びかけても
週一度の十分の面会のために
ホールに連れて来られた百歳の母は
車椅子に眠りつづけるばかり
仕方なく
私は母の肩や首を揉みはじめた
「極上」母が眼を閉じたまま呟く
その声に励まされ
弟は足をマッサージ
「極上　極上」母が何度も呟く

（弟よ　こんなふうにして
ゆっくり親子の別れの時が持てるのは
しあわせといえるかも知れない　ね）

胸の奥で
線香花火がうすく爆ぜ
繰りかえし瞬いている

*

かぎ

毎日　儀式のように米を研いでますやろ私ら
今はぎゅうぎゅう力を入れんと
やんわりサッとするのが良ろし

古代の人らは
稲は雷雨の多い季節に結実するさかい
雷が稲穂を実らせるのやて　そう信じたはった
そやさかい稲妻なんやと

先日ＴＶを見て驚いたんやけど原初の
赤《あこ》うに煮えたぎる地球は
今よりずうっと夥しい落雷を受けて
フルグライト〈閃電岩〉たらを生み出し
そこに含まれる大量のリンが
水に溶け流れ出てそれらを基に
生命体を誕生させたらしおす

そすると古代の人らの感性は
今の真新しい科学をば
うーんとうんと先行して
雷を捉えていたことになるのと違うやろか

人間だけではのうて

冬眠する虫やらかて　その年の
積雪に埋もれへん絶妙の高さに
卵囊を産みつけるて言いますやろ

ひょっとして　ではありますけど
かつて命がけで豊作を
請い願うた低い身分の人らの
したたかな一途さやら
卵を次代に渡すことにのみ懸命な虫　そんな

ひたすら弱《よお》うて清げな者らに殊に
お優しい天道さまは
難を超えゆく宇宙の深淵な鍵を
そんな清げでうつくし者らにだけ

そおっとそおっと
お与えになったのと違いますやろか

それにしても
米の研ぎ汁もかあさまの乳も
こんなにもしらしら情なしな薄白《うすじろ》やのに
お天道さまは何でそれを
最も良しとしやはったんですやろ
か

まなざし

ゴッホさんは身重の娼婦シーンと出会
うて同棲し　赤ん坊の父親にまでなっ
てやって数年をともにしたて言うのや

自身が救える女や子どもを援助するの
は立派な事業やと　ゴッホさんは強う
に言うて　弟テオの反対に抗したんえ

異なる世代の日本の画家　村山槐多《かいた》*さ

んもモデル女の生活援助に　いっとき
絵を辞め　美しい人を援助するのは大
切な仕事やと主張し　絵付け工場で働
いた給料を全てモデル女に貢がはった

共に絵描きで　共に負けず劣らずの貧
しさに在りながらの行動で挙句　揃い
も揃て　二人とも間もなく女に見限ら
れ逃げられてしもた　そんなふうに彼
らを突き動かしたのは何え？　まさか
安物の男気やヒロイズムではない筈や

道に迷うた時　こっちへ行ったら絶対
間違《まちご》うてる　そう判りながら間違うた

方へ固執するように行ってしまう事て
あるやん　それと同じ違う？　大真面
目に悲しみへ傾いてしまうのが彼らや

堕ちていくとか　そんな悲壮感と違う
のえ　彼らは誕生からその死まで貧し
い肩を何時もぴんと反らせて　滑稽な
くらい堂々と自身の信じる正道を熱い
足取りで　一筋に歩いて行ったのやし

一度見限った男を二度と振り向かんの
が女やけど　シーンもモデル女も今は
歴史の裏窓から　母のような慈愛の眼
で　彼らを見つめてるかも知れへんえ

＊　村山槐多　一八九六年（明治二十九年）～一九一九年（大正八年）。画家、詩人。

ひょっこり

身体が回復した村山槐多は酒を復活痛飲し
言わんことやない
ふたたび寝込んでしもうた

気がつくと
寝ているはずの槐多が居やへん
彼は生来の気質で
大人しゅう寝てることが出来んと
病気を迎え撃つように

雪混じりの雨の中に飛び出して
畑の中で唸っていたのや

友人が彼を部屋に戻し
泥をぬぐい着替えをさせると
ふたたび外へ飛び出そうとする始末

翌日　槐多は死去した
享年二十二歳五カ月
ためらふな、恥ぢるな／まつすぐにゆけ（略）
汝の貧乏を／一本のガランスにて塗りかくせ。*

槐多が生涯愛し死の間際にうわ言で
名を呼んだお玉さんへの恋も

激烈に片想いやった

そら
ストーカーみたいにお玉さんを見はりつけ回し
彼女の足許に
丼を投げつけたりするのやさかい
槐多の無礼で性急で懸命な恋　いいえ
彼の生涯そのものが火の球的やったし　もし

私にこんな息子が生まれてきたら
不憫と愛しさのあまり
殺しとうなったか知れへん

けど

いつの時代にも槐多みたい桁外れに
規格外の人て居るやん
思いもかけん場所や時代の角に
ひょっこり顕れ
周りの人を呆れさせ驚かせ
何時いつまでも語り継ぎ愛される人て　なあ

宇宙いうのは
世界の渇きが激しゅうなると
槐多のような清冽で天衣無縫のいのちを
下生させる必要と意志を
持つのかもわからへんえ

＊「一本のガランス」村山槐多　一九一八年作、部分。

殺意

ふと眼が覚めて聞いた深夜のラジオ小説では
ある男子高校生が
学校の机のなかに見つけたメモから
夜間その席に座る女子工員の
精一杯な生き方に惹かれ　やがて

ふたりは
机のなかに忍ばせた手紙のやり取りの末
会うようになるのですが

受験の前だけは会うのを避け
合格後　久々に出会うという日の交差点で
何ということ女子工員は
車に撥ねられ亡くなってしまいます

夢うつつ聞いた小説の
タイトルも何も忘れたけれど
作者ははっきり遠藤周作でした
腹がたって
はんぶん眼が覚めました
出来れば作者を刺したいとも

健気で一途な女子工員を
そんなに簡単に殺すなど

筋立てがあまりに粗雑で傲慢の極み
許せません　ですが

私の殺意は
すでに故人である作者への殺意なので
誰はばかることなく億千人の白日のもと
堂々と表明できるものです
誰はばかることなく殺意をとなえ得るのは
何という快感でしょう　そうして

何という怖ろしさでもありましょう
私はかんぜんに眼が覚めました

国と国の聖戦化というのは

きっとこんなふうに表明
正当化されていくのではないかと

トイレに立つと
闇のなか留守番電話のボタンが
押される指を待ちあぐね
いっそう赤く点滅しておりました

蔓

気がつけば
いつの頃からか
年季の入った私の空の子宮には
相当歳とった西洋の
寡黙な男が棲みついて
僅かばかりの田畑を
熱心に耕している

時には

少し足を引きずりながら
菜類やトマトを届けてくれたり
酔ったついでに
実は俺はあのジャックと豆の木の
ジャックの末裔だよとうそぶいたり
隙をみて
私に言い寄ったりしていたが

白い半月が
妙に僂げな昼下がり
男は皺だらけの顔を
憤怒で赤ぶくれに染め
豆の蔓を巻きつけるように
バラ線を体に幾重にも巻きつけると

私と夫が止めるのも聞かず
身ひとつで中東に出かけて行った

一度だけ便りをよこした後は
さっぱり行方知れずで
生死も判らぬままなのだが
彼が鉄の雨をくぐり抜け
無事
私の子宮に戻ってくるその日まで
この流れる血管《ちくだ》
閉じるわけにはいかない

お使い

父の勤め先へ弟とふたりで　弁当を届けたことが
あった　稀《まれ》にしか帰らない父を　家に呼び戻すた
め母が当時　八歳と六歳の私らを頼ったのだろう

父の高校へ着き　文化祭らしい派手な飾り付けの
校門前で生徒の一人に父の居場所を聞いた　歓声
が沸き私らを囲む輪が　にわかに騒がしくなった
私と弟はただ恥ずかしく　小さく固まっていると
眼をパシパシさせた照れくさそうな父がやって来

た　生徒たちの輪が崩れ　後のことは記憶にない

父はその数年後に急逝した　姉弟で弁当を届けた日は今も私の中で最も美しく深い秋の一日である

長じて弟に　あの日のことを覚えているかと尋ねたことがあった　よく覚えている　弟はそう答え私より二年も早く父と別れた彼の胸にも　同じ時刻の父が鮮やかに生きつづけていると知り　温かく至福のように静かなものが　私をつつみこんだ

母を亡くし彼女の遺品を整理していると　古いアルバムが出てきた　写真の父は没年に近づくほど眼に見えて痩せている　気づかなかった　子ども

の私は　父を見つめることさえ知らなかったのか

晩年きちんと帰宅するようになるや　早々と逝った父だったが　彼の長年にわたる外での生活は母が推測したような優美なものではなく　下降一途に病を得　敗走の果ての帰宅だったかも知れない

多く家族とではなく　生徒や同僚と撮った写真の父が　乾杯の杯を高くかかげ　生徒たちと肩を組み笑い　水辺の集合写真に長い脛を組み眩しげに眼を細め微笑んでいる　父は蜜柑とキリンビールが好きだったこと　弟は知っていただろうか　窓の外を蝶が　くの字のようにジグザグ飛行していく　危なっかしい勇者のように酔った父のように

地蔵さまと蟹

疫病禍に施設の母を訪ね
アクリル板を挟んで二メートル離れて
僅か十分間の面会を終えた
心を残して施設横の地蔵さまを過ぎると
古びて読めなかった立て看板が新しくなり

今年九十五のシゲさんが子どもの頃は年末の
行事で池の水を抜き　村人総出で泥を掬い魚
を捕った　ある年　足先に石が触り　見ると

地蔵さまだった　シゲさんは地蔵を綺麗に洗い　大人たちと池の傍に祭った　その晩シゲさんの夢に顕れた地蔵さまは　太い声で「明るいええ場所に上げてくれておおきにな」と礼を言い　シゲさんの長寿を約束してくれた

家に戻ると兵庫の香住から
今期最後の紅ずわい蟹が届いていた
いつも買う三九八円の肉薄とは異なり
足には八幡丸と黄のタグ
生き物のきっぱりとした輪郭を保ち
煌々と明るむ卓いっぱいに
すがしい波音を漂わせている

いのちの形をこんなふうに
易々と差し出す蟹の優しさと弱さ
見事なものだ

箸を取ろうとすると
「明るいええ場所に上げてくれておおきにな」
ふいにシゲ地蔵さまの言葉と先ほど
つかの間の面会で
私のいい加減な甘言を
ひたすら受容し聞いていた母の
しろい横顔が思い出された

かつて
彼女の優しい闇をくぐり抜け

明るみへ上げられた私を
初めて抱きあげたとき
私は母の腕のなかで
世界の誰より光に満ちていただろう

あふれる胸をおさえ
母に届けることばも知らぬ貧しい手を
ただ深ぶかと合わせて私は
ゆっくり蟹の甲羅を外しにかかった

あとがき

少しも重みを感じさせない一枚の花びらさえ、痛みのように広がる花脈《かみゃく》の繊細な迷路で満ちている。まして人体をあまねく網状に這う幾千万の、毛細な血管の迷路の果てしなさ。永い年月、私は朝を迎えるたびに掻い潜るようにして体内の血管の森宇宙を彷徨い、管の隅に芽生える瑞々しいコトバの美しさに見とれては、夕刻になると急ぎ台所に戻って、菜を刻み魚を焼きつづけてきた。

そんな年月を飽くほど重ねたにも関わらず、未だ何ひとつ視座も持てず、悔いと迷いに身もだえする身ではあるが、母を喪って一周忌を過ぎても、しみじみ涙の流れない情なしの身ではあるが、迷路の森宇宙を彷徨う日々はこれからもつづけていく。遠くないある日、父母の声に導かれ、台所とは真反対の迷路の果てに還り着く日まで。

今回も高木祐子様、カバー画をお描きくださいました大嶋彰様には大変お世話になり、有難うございました。

橋爪さち子

蛍、群れ飛ぶ頃

著者略歴

橋爪さち子（はしづめ・さちこ）

1944 年　京都府京都市生まれ。

「青い花」同人

詩集　1986 年『時はたつ時はたたない』
2002 年『光る骨』
2008 年『乾杯』
2012 年『愛撫』
2015 年『薔薇星雲』
2018 年『葉を煮る』
2021 年『糸むすび』
2022 年　新・日本現代詩文庫 160『橋爪さち子詩集』

現住所　〒563-0025　大阪府池田市城南 1-1-1-806

詩集　晴《は》れ舞《ぶ》台《たい》

発　行　二〇二四年六月二十五日

著　者　橋爪さち子

装　幀　直井和夫

発行者　高木祐子

発行所　土曜美術社出版販売
〒162-0813　東京都新宿区東五軒町三—一〇
電　話　〇三—五二二九—〇七三〇
ＦＡＸ　〇三—五二二九—〇七三二
振　替　〇〇一六〇—九—七五六九〇九

印刷・製本　モリモト印刷

ISBN978-4-8120-2836-0　C0092